Glück

Solang du nach dem Glücke jagst,
Bist du nicht reif zum Glücklichsein,
Und wäre alles Liebste dein.

Solang du um Verlornes klagst
Und Ziele hast und rastlos bist,
Weißt du noch nicht, was Friede ist.

Erst wenn du jedem Wunsch entsagst,
Nicht Ziel mehr noch Begehren kennst,
Das Glück nicht mehr mit Namen nennst,

Dann reicht dir des Geschehens Flut
Nicht mehr ans Herz, und deine Seele ruht.

Blauer Schmetterling

Flügelt ein kleiner blauer
Falter vom Wind geweht,
Ein perlmutterner Schauer,
Glitzert, flimmert, vergeht.
So mit Augenblicksblinken,
So im Vorüberwehn
Sah ich das Glück mir winken,
Glitzern, flimmern, vergehn.

Regen

Lauer Regen, Sommerregen
Rauscht von Büschen, rauscht von Bäumen,
Oh, wie gut und voller Segen,
Einmal wieder satt zu träumen!

War so lang im Hellen draußen,
Ungewohnt ist mir dies Wogen:
In der eignen Seele hausen,
Nirgend fremdwärts hingezogen.

Nichts begehr ich, nichts verlang ich,
Summe leise Kindertöne,
Und verwundert heim gelang ich
In der Träume warme Schöne.

Herz, wie bist du wundgerissen,
Und wie selig, blind zu wühlen,
Nicht zu denken, nicht zu wissen,
Nur zu fühlen, nur zu fühlen!

Blume, Baum, Vogel

Bist allein im Leeren,
Glühst einsam, Herz,
Grüßt dich am Abgrund
Dunkle Blume Schmerz.

Reckt seine Äste
Der hohe Baum Leid,
Singt in den Zweigen
Vogel Ewigkeit.

Blume Schmerz ist schweigsam,
Findet kein Wort,
Der Baum wächst bis in die Wolken,
Und der Vogel singt immerfort.

Weiße Wolken

O schau, sie schweben wieder
Wie leise Melodien
Vergessener schöner Lieder
Am blauen Himmel hin!

Kein Herz kann sie verstehen,
Dem nicht auf langer Fahrt
Ein Wissen von allen Wehen
Und Freuden des Wanderns ward.

Ich liebe die Weißen, Losen
Wie Sonne, Meer und Wind,
Weil sie der Heimatlosen
Schwestern und Engel sind.

Liebeslied (Mai 1922)

Ich wollt ich wär eine Blume,
Du kämest still gegangen,
Nähmst mich zum Eigentume
In deine Hand gefangen.

Auch wär ich gern ein roter Wein
Und flösse süß durch deinen Mund
Und ganz und gar in dich hinein
Und machte dich und mich gesund.

Der Hörverlag
Gedichte und Illustrationen von Hermann Hesse: Suhrkamp Verlag, Frankfurt am Main
Hermann Hesse, Sämtliche Werke, herausgegeben von Volker Michels, 20 Bände und 1 Registerband

ISBN 978-3-86717-476-3 | Coverdesign: Der Hörverlag | Coverbild: © Martin Hesse/Suhrkamp Verlag